KB236556

흰 매

흰 매가 무언가 노려보고 있다 아니,
무언가 바라보고 있다 해야 맞으리라

나는 그의 눈을 깊이 들여다 볼 수 없어
무연히 앉아

겨울 빈 들의 빈 길가
홀로 앙상한 나무 우듬지에 앉아

남한강 물오리떼 둥둥
떠있는 것을

날카로운 발톱으로 낚아채기 위해
매서운 눈빛으로 노려본다 할지

그저 날짐승의 수심(水深) 바라본다 할지
생각할 일도 없이

나도 강둑길을 엉금엉금 가는 자동차 브레이크를 밟고
이렇듯 가까운 거리여서

무연히 앉아
저 처음인 흰 매의 능름한 자태를 바라보는 것이다

2008. 김영산

시작 詩作 시인선 0107

게임광

 시작시인선 0107
게임광

찍은날 ㅣ 2009년 1월 10일
펴낸날 ㅣ 2009년 1월 15일

지은이 ㅣ 김영산
펴낸이 ㅣ 김태석
펴낸곳 ㅣ (주)천년의시작
등록번호 ㅣ 제300-2006-9호
등록일자 ㅣ 2006년 1월 10일

주소 ㅣ (우121-883) 서울시 마포구 합정동 355-24 4층
전화 ㅣ 02-723-8668
팩스 ㅣ 02-723-8630
홈페이지 ㅣ www.poempoem.com
전자우편 ㅣ poemsijak@hanmail.net

ⓒ김영산, 2009. printed in Seoul, Korea

ISBN 978-89-6021-074-5 03810

값 7,000원

게임광

김영산 시집

2009

시마(詩魔)에 걸려 게임광이란 시를 썼다. 나는 여전히 내 시가 낯설고, 낯선 시가 자꾸 나를 어디로 데려간다. 시는 나의 낯선 고향이다.

내가 20년을 산 젊은 날의 인천이여, 안녕. 세 권의 시집을 묶고 떠나왔구나. 멀리 있는 님이 더 잘 보이고, 가까이 있는 서울이 아직 낯설다. 그래도 시를 쓰리라. 젊은 날의 시여, 꽃이여. 비명(碑銘)이여.

2009년 마포에서

김영산

■ 차 례

III

게임광 1

게임생, 너를 불러본다
고독사한 늙은 계절이 왔다 간다
우리는 늙지 않아 괴롭구나
너는 좋으냐
죽은 지 몇 달이 되어 구더기가 나오는
입을 깁는 생,
창밖에는 여전히
게임의 방을 엿보느라 죽음의 계절이 기웃거리고

게임광 2

— 리니지 II

고요함의 갈대밭과 속삭임의 갈대밭

더 이상 갈대는 속으로 울지 않는다
이제 갈대는 갈데가 있다

이 지구 어두운 아이들아
너희 애비들은 죽었다(게임맹이다)

그러니 살아만다오
항상 생사의 갈대밭, 사냥터에서

황무지

파티 사냥에 지쳤을 때
솔로잉으로
레벨업과 앵벌을 모두 만족 시킬 수 있는 사냥터

개미굴

혈맹들이 단체로 사냥을 하는 곳,

파티 사냥을 하라
파티 사냥을 하라

거대 여왕 개미는 호위병 개미와 보모개미들을 물리쳐
야 공략할 수 있다

중립지대

가을바람에 늙어가는 거미처럼 몸이 까맣게 타버렸다
는
어느 시인의 말은 수정되어야 한다

북쪽 강가로 나오라,
송장 거미
붉은 털 송장 거미는 늙지 않는다

거미는 사냥터를 떠나지 않는다

화염의 늪

천지간이
붉은 강 흐르는
화염의 늪 아닌가,

이곳은 불이 상징일 뿐
조형물이나 배경이 없다

실렌의 봉인

나는 봉인된 곳을 열고 싶다
그러려면 저 갑옷 입은 문지기 전사들을 물리쳐야 한다
항상 검을 빼어들고 있는 완강한
아무 감정도 동요도 없는 거인들

에바의 수중정원

이미 자연 정원 시대는 끝났다
리니지 2의 던전 중 가장 아름다운
전자 수중정원으로 오라,

게임광 3

― 뮤 공성전

성(城)이 어디 있는가

로랜협곡의 성, 처절한 전장이 될 것이다 저주의 바람이 불 것이다 음산한 분위기, 창처럼 솟은 성이 하늘을 찌른다 길드 마스터의 레벨 200 이상, 길드인원 20명 이상의 조건을 충족시킨 길드만이 공성전 선포를 할 수 있다

성문: 외성에 3개, 내성에 2개, 용의 탑 내벽에 1개가 설치되어 있다 공성이 시작되면 각 성벽의 통로를 막게 된다 성문을 공격할 경우 무기의 내구력이 손상될 수 있으므로 공성측은 영혼의 물약을 먹은 상태에서 파괴해야 한다

수호석상: 외성 내에 2개, 내성 내에 1개, 용의 탑 내부 정원에 1개가 있다 수성측의 회복, 수비를 모두 담당하기 때문에 이 석상은 반드시 지켜야 할 것이고, 수호석상 근처가 가장 치열한 전장이 된다

가드타워: 수호석상을 파괴하기 위해 다가오는 공성측 전사를 저지할 목적으로 석상 주변에 설치된 자동공격 타워, 공격을 받아도 파괴되지 않는다

용의 탑: 내성의 마지막에 위치한 거대한 탑으로 입구

와 상층으로 구분되어 있다 입구를 보호하는 보호막이 존
재한다 수호석상이 모두 파괴되면 내부로 진입할 수 있으
며, 용의 탑 상층에는 성주의 직인이 담겨있는 좌대가 있
는데 이곳을 점령하는 것이 공성을 승리로 이끄는 길

게임광 4
— 성

한낮에 일어나 또 게임을 하다
저녁 어스름이 찾아올 때 K는
상처 입은 소녀 이야기
아메리칸 맥기의 앨리스* 성에 들어간다

한밤 중에 불이 난다 앨리스는 부모를 깨우지 못했고,
혼자 살아 남는다 정신병원 침대에 누워 있는 소녀의 귓
가에 낯익은 목소리가 들린다 '앨리스 늦었어, 빨리 따라
와' 소녀는 흰 토끼를 따라 이상한 나라로 간다 초록색 잔
디와 파란 하늘이 사라진 검은 죽음의 땅이다 소녀의 장
난감은 칼이다 길을 가로막는 건 뭐든 해치운다 소녀는
까마득한 구름다리를 건너고 물 속의 길을 찾고, 용암 위
낭떠러지를 뛰어넘는다 앨리스의 이상한 나라, 아이들은
머리 위쪽을 도려내고 교정 장치를 단 채 기계에서 태어
난다 미친 모자장수는 생명체를 실험 도구로 쓴다 체스
나라 사람들은 자기와 다른 색깔은 죽인다 이 모든 걸 만
든 건 하트의 여왕이다 그리고 끊임없이 '저 놈의 목을 베
라' 고 외치는 여왕의 얼굴은 앨리스다

K는 상처의 성을 빠져나온다
밤안개에 집 주위 산들이 안개 성같다
K는 성을 산책한다

이런 안개는 처음이군, K는
투덜대며 안개 성을 나오려한다, K는 이때부터 끝없이
성을 걷고 있는 것이다
K는 성에 있는가
안개가 걷히지 않아
게임을 할 수 없는 것이다
K는
안개, 축축한 안개 성을 빠져나올 수 없는 것이다

*로그가 개발한 액션 어드벤처 게임. 『이상한 나라의 앨리스』 스토리를 패러디한 게
  임

게임광 5
— 게임의 진화

게임의 나라, 세계 지도에는 두 개의 대륙이 있지
거기에 여덟 종족이 살고,

인간, 드워프, 노움, 나이트 엘프, 오크, 타우렌, 트롤, 언
데드……

게임에는 레벨이라는 게 있지
적과 싸워 물리치고 죽이면 레벨이 올라가지
레벨이 오르면 캐릭터의 능력치가 증가하고,

아무리 강한 자도 죽음이라는 게 있지
전투 수행 도중
또는 사고로 캐릭터 생명력이 0이 되면
죽음을 맞게 되지
하지만 월드 오브 워크래프트
게임 세계에서 죽음은 영구적인 게 아니지
묘지에 있는 영혼 치유사에게 소생을 부탁하면
일정한 경험치를 잃고 부활 할 수 있지
그래서 게임의 나라—동부 왕국 칼림도어 텔드랏실 엘
윈 숲 던 모로 서부 몰락지대 듀로타 멀고어 불모의 땅 티

리스팔 숲 은빛소나무 숲—전사 성기사 마법사 도적 사제
사냥꾼 흑마법사 주술사 드루이드는 평생 전쟁을 할 수
있지

게임광 6
— 여자의 육체

그는 겨우내 게임에 빠져 지냈지 봄이 오는지도 모르고

게임광은 세상의 게임에선 진 자들이지

게임 속에서 전사이지만 게임을 빠져나오면 어리둥절
하듯

그 게임이 그랬지

프리다 칼로처럼

모든 심장의 혈관들 밖으로 드러낸 여자, 주사기 줄을
가위로 잘라 뚝,뚝 피 흘리는 여자, 내장을 드러내보이는
여자

그 사랑의 게임이 그랬지

여자 속을 물끄러미 다 들여다보고 웃었지—웃는 순
간—그게 아니었지

여자의 몸은 겹겹이 둘러싸인 로랜협곡 성*보다 깊었지
오, 그러니

사랑의 게임이 얼마나 어려운지

게임광은 게임에서 자꾸 지는 자들이지

*게임 '뮤'에 나오는 성. 게임에 나오는 문구에 "로랜협곡 서사시/베일에 싸인 뮤 공
성전/마침내 그 모습을 드러내다/성을 둘러싼 치열한 혈투/성을 차지하는 자/절대
권력을 얻으리라"는 구절이 있다

게임광 7

1층—1.5층: 탑의 망령, 절망의 궁수, 절망의 검사, 할라트의 사냥개, 살육의 바딘(파티 몬스터) — 바딘의 기사, 바딘의 마법사

2층—2.5층: 할라트의 감시자, 처참한 전사, 크랜디온, 할라트의 근위병, 살육의 바딘(파티 몬스터) — 바딘의 기사, 바딘의 마법사

3층—3.5층: 할라트의 사냥개, 타락한 현자, 심연의 궁수, 에린 에디언스, 엘모아덴의 궁녀(파티 몬스터) — 엘모아덴의 호위전사, 엘모아덴의 호위궁수, 엘모아덴의 메이드, 데스로드 할라트(레이드 보스) — 데스 메이지 크리샨

4층—4.5층: 할라트의 근위병, 할라트의 전사, 할라트의 기사, 할라트의 시녀, 엘모아덴의 궁녀(파티 몬스터)—엘모아덴의 호위전사, 엘모아덴의 호위궁수, 엘모아덴의 메이드

5층: 할라트의 시녀, 할라트의 지휘관, 할라트의 감찰관, 할라트의 가디언, 할라트의 부하 뮬(파티 몬스터)—뮬의 기사, 뮬의 마법사

6층: 할라트의 기사, 에린 에디언스, 할라트의 감찰관, 할라트이 가디언, 백금족 병사, 백금족 궁수, 백금족 전사,

할라트의 부하 뮬(파티 몬스터)—뮬의 기사, 뮬의 마법사, 원한령 람달—원한의 유령들, 코림(레이드 보스)—코림의 경호대장 케이원, 코림의 경호대

    7층: 백금족 전사, 백금족 주술사, 백금족 군장, 마도사 발라크(파티 몬스터)—발라크의 수호령, 발라크의 피조물, 영생의 구원자 마르틸(지킴이 몬스터)—영생의 구원자

    8층: 백금족 전사, 백금족 군장, 백금족 족장, 백금족 수호 궁수, 전령 천사, 마도사 발라크—발라크의 수호령, 발라크의 피조물, 케르논(레이드 보스)—탈리아돈, 뱀스크

    9층: 백금족 병사, 백금족 전사, 백금족 군장, 백금족 수호 주술사, 수호천사, 구속하는 자(파티 몬스터)—구속하는 마법사, 구속받은 전사, 구속받은 궁수

    10층: 백금족 수호 궁수, 백금족 수호 전사, 수호천사, 백금족 수호 주술사, 봉인천사, 백금족 수호 군장, 구속하는 자(파티 몬스터)—구속받는 마법사, 구속받은 전사, 구속 받은 궁수

    11층: 백금족 수호 전사, 백금족 수호 주술사, 봉인천사, 백금족 수호 족장, 수호 대천사, 구속하는 자(피티 몬스터)—구속받는 마법사, 구속받은 전사, 구속받은 궁수, 능

천사 아몬(파티 몬스터)—아몬의 호위대장, 아몬의 정령들, 우각장군 골콘다(레이드 보스), 응징의 불꽃 슈리엘(레이드 보스)—슈리엘의 선지자, 슈리엘의 성전사

12층: 백금족 수호 주술사, 백금족 수호 군장, 백금족 수호 족장, 수호대천사, 봉인대천사, 구속하는 자(파티 몬스터)—구속받는 마법사, 구속받은 전사, 구속받은 궁수, 능천사 아몬(파티 몬스터)—아몬의 호위대장, 아몬의 정령들

13층: 봉인 대천사, 구속하는 자(파티 몬스터)—구속받는 마법사, 구속받은 전사, 구속받은 궁수, 능천사 아몬(파티 몬스터)—아몬의 호위대장, 아몬의 정령들, 소천사 갈릴리아(지킴이 몬스터)—갈락시아의 호위대, 천사의 심부름꾼

14층: [바이움의 방]바이움(보스 몬스터)—대천사

내 청춘을 바친 게임/내 청춘을 바칠 게임

雪原 미르의 전설 Ⅲ

http://www.mir3.co.kr

게임광 9

그는 영화(映畵)를 보다 영화(榮華)를 생각했다
적과 동지가 언제든 뒤바뀔 수 있는 영화는 선사부터
줄곧 있었다
그날 계엄군과 시민군 총격전이 있은 후
잠시 소강상태일 때를 기억해 내었다
큰길로 나서자 〈살인마 죽여라!〉는 붉은 플래카드가 걸
려 있었다
막다른 골목에서 골목을 돌아
〈울음소리가 반반세기 지나서야 들릴 줄 몰랐다〉
대학병원 광장에 그가 있었다
그때부터 염하지 않고 묻히지 않는
것들을 영화장면처럼 떠올리곤 했다
탄환이 스친 젊은 얼굴이 반쪽이었다
팔다리 덜렁거리는 마네킹들이 누워 있었다
그는 관을 떠메어 가는 시민군을 따랐다
투사는 아니었지만, 영화가 그리 끝날 줄 몰랐다
마음속 증오가 자라기도 전에 살인마가 넘쳤다
그는 자신을 향해 계속 방아쇠를 당겼다
인간의 연민의 눈이 적의를 보고
순종적인 손이 방아쇠를 당긴다

사람들 흐느낌 빠져나간 텅 빈
〈뭣들하는거야 나가지 않고?〉
어둠 속에서 누군가 목소리가 울렸다

게임광 10

― 掌紋

그에게서 지문이 발견되지 않는다
몇 방울의 핏자국 나란히 걸어간 손바닥
범죄현장감식반원들에 의해 채취 된다
나 누구게?
범인은 머리가 없다 몸뚱이 없다
다리 없다
모두 족쇄인지 모른다
그에게 평생 흔적
분주히 방안을 돌아다닌 손바닥
무늬 속에 손금이 보이지 않는다
깊은 곳은 무늬가 없다
얼굴을 가린 흔적이 역력하다
탄환이 스친 벽지를 오린다
탄환감식시스템에서 검색하기 위해 탄피를 주워 담는다
사람의 지문처럼
모든 비명소리에는 무늬가 있다
그는 자신을 죽이지 않았다
범인은 자신을 살해할 만한
손가락이 없다
단지(斷指)

과학수사부는 모른다
아무도 모른다

II

까치들의 집단적 공격성

― 흰 매

까치 다섯 마리가 까악! 깍!
한 마리 흰 매를 쫓고 있다
한 마리는 앞에서 까악!
네 마리는 옆에서 뒤에서 까악! 깍!
까악, 까악, 까악, 까악, 깍!
흰 매가 흰 미루나무 가지에서 아까시나무 가지로
옮겨가도 콕콕 부리로 쪼고,
또 흰 매는 솔밭을 지나
벽오동에 숨어도
까치 떼 날아올라서
악착같이 매달리며 운다
흰 매는(얼핏보면 어린 매 같기도 하지만) 외롭게 웅크
린
날짐승은 계속 이 나무 저 나무 옮겨다니며
도망다니다가 급기야 산등성이를 넘는다
까악, 까악, 까악, 까악, 깍!
까치 다섯 마리도 쫓아가며 산등성이를 넘는다

흰 매

흰 매가 무언가 노려보고 있다 아니,
무언가 바라보고 있다 해야 맞으리라

나는 그의 눈을 깊이 들여다 볼 수 없어
무연히 앉아

겨울 빈 들의 빈 길가
홀로 앙상한 나무 우듬지에 앉아

남한강 물오리떼 둥둥
떠있는 것을

날카로운 발톱으로 낚아채기 위해
매서운 눈빛으로 노려본다 할지

그저 날짐승의 수심(水深) 바라본다 할지
생각할 일도 없이

나도 강둑길을 엉금엉금 가는 자동차 브레이크를 밟고
이렇듯 가까운 거리여서

무연히 앉아
저 처음인 흰 매의 늠름한 자태를 바라보는 것이다

파편

― 수상한 날씨

첫눈이 온다 어둔 대낮
허공 벽을 쥐어뜯으며 울부짖는 여자처럼
거대한 바람의 소용돌이에
내맡긴 몸의 눈부신 파편
할퀼 곳을 찾아 손톱을 드러낸다
내 생은 견딜 수 없는 것들로 가득 찼어,
천지간 텅 빈 비명
가득 찼어, 온통 눈뿐이야
두리번대는 눈뿐이야.
내리지 못하고 서성대는 발걸음들
나는 발자국을 남기지 않을 거야,
발목을 잘라야지
날 참수시켜 봐, 젖은
해 같은 육신을
허공에 걸어둘 테니, 첫눈은
산에서 도시까지 잎비를 뿌리기도 하고 간혹
내비추는 빛을 창백한 얼굴로 질려 있게 하는 것이다

풀독

— 지금껏 내 목덜미에 남아있는 풀독이여

나는 시장에서 더덕 몇 뿌리를 사다 심었지
어느 날 싹이 돋아 무럭무럭 줄기를 뻗어갔거니,
나는 또 어느 날 노각을 사다 씨를 빼어
더덕 옆에 뿌리고 거름 흙을 덮어 주었지
그랬더니 이번엔 오이씨들이 싹을 틔워
점점 줄기를 뻗어가며 잎 그늘을 드리웠지
무성하게 무성하게 오이들이 세력을 넓혀갈수록
더덕 줄기는 시들시들 말라비틀어지다 죽어버리고
나는 같이 잘 자라길 바랐지만,
그제야 돼지를 기르며 사는 시골 친구 말이 생각났지
돼지막 공터에 풀들이 자라 무성하다가
다른 종의 풀들이 공터를 차지하는 순간
질기디 질긴, 영화 아무 자취 없이 사라져 버린다고
부드러운 혀에 풀독이 오른다,
날름날름 대가리를 치켜들고 다가오는
느리며 잽싼 풀의 걸음걸이

멀리 돌아가는 성

전철을 타고가다 환승역에서
갈아타려고 내려 바삐 걷는다
사람들 속에서 나도 덩달아 서두른다
나는 전철을 탈 때마다 감전된 것처럼 서두른다
누가 전철역 바닥에 한 무더기 똥을 싸놓았다
얼굴을 찡그리며 외면하고 가는데
눈앞에 붉은 것들이 어른거린다
가던 길 멈추고 보니 피가 흥건하다
피똥이다, 어느 노숙자가 싸놓았나
파란 의자 밑에 웅크리고 있다
둥근 가장의 어깨는 성(城) 같다— 견고하니 무너진다
가출한 아내, 올망졸망한 어린 눈빛들이 어른거린다
자살도 못한 죽음이 어른거린다
곧 죽으리라
죽으리라
도시의 피로는 쌓이고 쌓여
멀리 돌아서 가야하는 성 같은 것을 이루었다

유리왕 「황조가」를 다시 보다

나는 물왕리 저수지 뒷숲을 오르다가
깜짝 놀랐다 황금빛 새 두 마리가
어찌나 요란하게 놀던지 이 나무 저 나무 우듬지에서
나뭇가지로 옮겨다니며 숲을 흔들며
숲을 들었다 놓았다 하는 것이었다 나는 마침
산밭을 경운기로 갈아놓고 점심을 드시는 노인에게 다
가가
저 새가 뭐냐고 물었다 무덤덤히
"황조요." 하고 말했다 나는 아, 입을 쩍 벌린 채
새들을 바라보다 "그랬군요." 했다.
나는 아무리 봐도 농사꾼이 아닌 것 같은
흰 옷을 젊잖게 입고 들밥을 호젓이 혼자 드시는
노인이 쓸쓸하지 않게보여 좋았다
서울 근교 물왕리 뒷숲, 꾀꼬리가 건너편에서 울어
고르게 갈아놓은 산밭 이랑을 타고와
혼자 먹는 점심 식사에 노닐고 있었다
나는 노인에게 인사하고 숲을 오르면서도 자꾸
황조들이 노니는 모습을 바라봤다 옆을
뒤를 번갈아 바라봤다

영흥도 소사나무를 위한 기도 1

그녀가 영흥 친정집에 들러 하룻밤 묵고
섬을 쏘다니지 않고 곧장 육지로 나오는 까닭에,
식구도 없이 혼자 된 후에야
십리포 소사나무 군락을 사십 년 만엔가 찾아갔다
그녀가 찾은 때는 한겨울
바닷바람 매서워 잔뜩 웅크리고,
아 그런데 소사나무들도 웅크리고
여전히 나이를 먹지 않고 있다
잘 자라지 않는 나무야 있지만
거의 그대로 서서 묘하게 뒤틀려 있다

영흥도 소사나무를 위한 기도 2

그녀는 가을날 또 영흥에 들렀다
우연히 무엇엔가 이끌려 난생처음
섬에서 가장 높은 국사봉에 올랐다
한 오백년 된 늙은 소사나무들이 빙 둘러 있다

그녀는 이젠 은빛으로 빛나는
국사봉 소사나무들과 십리포 소사나무들이
왜 그러는지를 생각했다
팔다리뿐만 아니라, 어릴 적부터 온몸이 뒤틀린
잘 자라지 않는 소사나무, 소사나무들을

모든 나무는 기도하며 서 있다, 그녀가
소사나무 아래 기도할 때
생을 통째 드러낸
얽히고설킨 뿌리 사이
사과와 배들이 박혀 있다

영흥도 농어바위를 위한 기도

영흥 수해리 바닷가엔 아주 크고 까만, 반질반질한 농어바위가 있다 그런데 그 농어바위는 날마다 파도에 잠겼다 드러났다를 반복하여 조금씩 제 살점을 떼어주어서, 주위에 온통 새까만 작은 돌들이다 농어바위가 새끼를 치는 것인데, 사람들이 주워가버리지 않는다면 자글자글 젖 달라 보채는 소리를 곧 들을 것이다

타조

타조는 새대가리
커다란 짐승의 몸을 가졌다
어느 날 보니 성큼성큼 울타리를 돌다가 구불텅구불텅
긴 모가지 속에 모아둔 것들을 삼키고 있었다

야콘[*]

　　울진 산골에서 이제 막 올라온 야콘 9형제들이 흙묻은
머리를 어미 줄기에 한데 들이밀고는 희고 길쭉한 허리가
끊어질 때까지 떨어지지 않으려 떼를 쓰고 있는 것이다

[*]야생 고구마

III

詩魔

— 죽은 나무

사내들이 전기톱으로 불에 탄 나무를 자르고 있다
벌써 잘린 나무들이 토막이나 쌓여 있다
죽은 나무를 솎아내는 것은 화인(火印)의 기억을 잊기
위한 것,
죽은 나무는 죽기 전까지를 떠올리기 싫을지 모르지만
죽은 나무는 선 채로 숯이 되기까지 뜨거웠으리라

詩魔

— 겨울 낙산사

나는 당신을 불지른 불길인지 모르겠습니다
나는 당신을 새까맣게 태운
화마(火魔)인지 모르겠습니다
솔밭 만 리
마음의 절간 몇 채 다 태우고도
아직 꺼지지 않고 새빨갛게 이글거리는
잉걸불인지 모르겠습니다
겨울 찬바람 속에서
불 냄새가 납니다
나무 탄 냄새가 납니다
당신은 나무 나는 불,
왜 식지 않는 재만 남는지 모르겠습니다
내가 불의 혓바닥으로 사랑을 해서 그러는지 모르겠습
니다
당신이 뜨거워 타는지 모르고
아픈 몸을 애무했습니다
내가 당신의 불행한 일을 이렇게
시로 쓰고 있어서 그러는지 모르겠습니다
활활 불길이 타오릅니다
쉭쉭 불길이 날름댑니다

범종을 녹이고
동해 바다까지 삼키려 합니다 그러나 넘지 않는 곳,
새까맣게 다 태우지 않는 곳이 있습니다
내 시가 써지지 않고
내 불길에 타지 않는 곳이
당신에게 남아있는지 모르겠습니다

詩魔

― 석삼년을 바라본 돌

사람 얼굴 모양의 돌을 곁에 두고
날마다 날마다 당신이라 여기며 바라보았더니,
섬같이 멀어진 당신
이젠 무거운 돌을 그 바닷가에 갖다 두리라
여전히 콧대는 높고 입은 침묵하지만
두 눈가에 더욱 그림자가 짙게 배고
어느새 돌 속의 물결이 출렁거린다

돌 속에 당신을 가둬버리고 살겠다는 것,
그러다가 당신이 돌 속에 있는 게 아니라
내가 돌 속에 갇혀 있다는 생각이 드는 것이다

代書 1

장례식장보다 우울하였네
눈이 내릴 때 왜 소리가 없는지 이제야 알겠네
허탈한 눈들이 얼굴 위에 스치네
돈과 쾌락을 알기 전엔 웃음소리가 들렸지
하하 호호 옛날의 눈이 내게 들리네
흩날개를 가진 눈
생을 견디지 못한 눈들
사랑은 지상에 닿아도 완성되지 않네
눈은 더 이상 연서(戀書)를 쓰지 않네
내 생의 기록을 누가 다 써놓았네
내 생의 기록을 나는 찢네
법원 유리창밖에 눈이 내리네
그리고 사나흘 더 눈이 내리네

代書 2

대서장이는 평생 남의 생을 기록한다
늙은이 건 젊은이 건 안경 너머 뚫어져라
쳐다보는 눈은 벌써 써야할 글을 알고 있는 것이다
이 도시 관공서에 그가 대신 써준
서류뭉치는 백지의 표정으로 흘러 다닐 것이다
결혼 · 이혼 · 법률 · 공증 · 죽음
기록할 게 많았구나, 그런데
내용이 다 그래, 중얼거리는 저 등 굽은
노인을 나는 이미 알고 있는 것이다
그가 내 생을 대신 써준 적이 있기에
나도 노인의 생을 기록한 적이 있는 것이다
나를 빤히 바라보며 나를 기록하는 눈
내가 내 생을 대신 쓰고 있는 것이다

詩魔

— 고아

이상한 시집이 내 손에 들려 있지. 홍천에 있는 고아원, 고아들의 사진이 박힌 시집. 가족을 찾는 시집, 시집 제목이 『핏줄』인 핏줄을 찾는 시집.

어릴 적 살던 곳은 강원도 철원으로 생각됨. 아버지는 농사를 지었으며 어머니는 하숙집을 경영했음. 큰누이와 작은 누이도 기억남. 홍역을 치르고 있을 때 큰누이가 ABC과자를 사주며 병수발 했음. 아마 큰누이가 군장교와 연애를 했던 것 같고 그 일로 가정불화가 심했던 걸로 생각됨. 6/7세 무렵 어머니는 내 손을 이끌고 어디론가 갔음. 그곳이 춘천후생원이었다는 사실을 나중에야 앎. 어머니는 며칠 후 데리러 오겠다고 나에게 말했지만 그게 마지막이었음. 2년 뒤 홍천 명동보육으로 이소하여 그곳에서 성장.

그(44세로 추정)와 함께 그해 겨울 홍천에 갔었지. 그가 더듬더듬 말했지. 수타사 가는 길 어드메 고아원이 있다고. 어머니가 짜고 있는 스웨터, 둥그렇게 말린 털실이 풀린 것 같은 길을 따라 소풍을 갔노라고.

詩魔

— 수타사 십우도

나도 공작산 수타사를 갈까

내 어릴 적 소풍갔던 수타사를 갈까

홍천 동면 둑방을 쌓던 거친 손들을 불러서 갈까

고아 애들 뒷꽁무니 줄레줄레 따라 갈까

산길 따라가 보았던 십우도를 또 가서 볼까

지금은 희미해진 수타사 십우도 벽화를 볼까

그 옆 벽에 새로 그린 십우도를 볼까

내 손을 놓고 사라진 어머니를 찾을까

나도 어머니의 손을 놓을까

나를 잡는 손목을 자를까

詩魔

— 맨홀

모든 썩은 것들은 그에게로 흘러간다

여태 아무도,

시의 맨홀 뚜껑 다 열어본 적이 없다

시취(屍臭)보다 지독한 혀들이 구석구석 핥는다

자기를 사랑한 시들과 자기를 증오한 시들이 버린 말들
의 껍질 깔깔 배를 뒤집으며 떠간다

그 핏줄, 화기애애 부글부글 혈로 헤치고

다시 혈맥 짚으며 빌딩숲 돈다

모든 휘황찬란한 도시 불빛 뻥뻥, 구멍이 뚫려 어둔 물
이 흐른다

어느 시인도 자기가 파놓은 맨홀 들여다보지 못하리

詩魔
— 흰 매, 검은 매, 누런 매와 장군바위

흰 매 혹은
검은 매라 생각했으나
얼핏
누런 매 였다

말라 보타진 개펄
위를 선회하는
매

거기
거대한 바위가 허허벌판에 서 있다

바닷물 들고 날 때
바다에선 용왕
뭍에선 장군바위

인부들이 장군바위를 치우려다
두 명이 죽었다는
풍문,
타다 꺼진 초 몇 자루

사과 몇 알

거대한 새의
집인가, 벌판
바람처럼 비행기가 뜬다
거대한 바위
장군바위는 무력(武力)을 잃고서
관제탑 먼 불빛을 바라보고 있는 것이다

허허벌판 유유히 날아오르는 거대한 날개를 가진

이끼 1

어느 시인이 평생을 가꾸다 남기고 간
고려비단이끼
화분 한 귀퉁이 천년 가야 토기 파편을 꽂고
바위부스러기 마사를 깔고
그 속에 닭뼈를 묻어 지네 한 마리 꿈틀대고
건너편 외진 구석
실낱같은 분홍기린초가 하늘거리며 공중으로 뻗어간다
무덤을 쓸 듯 손바닥으로 쓸어본다
까칠까칠한 머리를 만지는 것 같기도 하고 부드러운 잔
디를 스치는 감촉, 아 그러고보니
직사각형 청자 빛 화분에 심어논 이끼가
잘 조성된 작은 무덤 같다
습기를 머금고 그늘에 사는 이끼다
화사하지도 누추하지도 않는 이끼다
듬성듬성 고비가 웃자라
손바닥을 대어보니 물기가 배어나온다 너는
죽은 것 같지만 안 죽고, 물기가 오면
또 살아나는 것, 어디 돌 속에 숨어 있다가도
나타난다 나타나 막 퍼져나간다
그가 허묘를 쓴 것인가

그가 묘혈을 방안에 만들었나
매장인지 화장인지 수장인지 모르게
왕족의 무덤 같기도 하고
평민의 무덤 같기도 하고
아니 평묘 같기도 한
고려비단이끼
누가 살다가 가버린 세상에 없는 무덤

이끼 2

죽음의 시간은 있어도
시간은 죽지 않는다
무덤에서 이끼가 올라오는
사막이 있는 지구에서는
사막의 이끼는 모래를 끌어안고
딴딴한 흙이 되기까지 오십 년이 걸린다
바위가 모래가 되고 흙이 되고
다시 바위가 되는 영겁(永劫)이여
다시 보면 죽음의 시간도 없다

이끼는 어디나 있지만 또 없다
눈에 띌 듯 띄지 않는 죽음이여
그러나 죽은 바위 죽은 기왓장 무덤에서
너는 당당히 살아난다 살아나 바위를
무덤을 되살린다
살아있는 무덤의 이끼여
바위여

오 젊고 늙음이 없는
나이 없는 이끼여

어제 죽은 시인의 이끼를 보다가
오늘 임하댐 수문에 핀 이끼를 본다
주왕산 까마득한 절벽에 달라붙은
바위옷을 본다 바위가 되어 또
살아나 번성한다

지난날의 사랑에 묵은 이끼 끼고
돌 속에 숨었다
너는 불현듯 나타난다
돌 속의 돌
바늘 한 쌈을 분질러 심어 놓은 것처럼
아프게 콕콕 찌르며 너는 온다
오 이끼를 맞이하는 나이여
은자(隱者) 같지만 아니지요?

변두리에 반지 끼듯
너는 온다

오토바이

휴대폰 속에서 바람 소리가 난다
　　그는 지금 어디로 가는가, 바람에게 묻고 싶었지만
　　　말소리 뚝, 뚝, 끊겨지고
　　　　말 달리는 바람
　　　　　어느 낯선 거리를
　　　　　　지난다

　　　　　갈기갈기 찢겨진 바람의 파편
　　　　혹은
　　　하늘거리는 날개
　　겨드랑이가 부풀어 올라
그를 어디로 데려 간다, 바람과 통화할 사이도 없이
　　바람이 그를 삼키려 한다
　　　바람이 그를 삼키려 한다

모든 질주하는 것을 바람이 낳았다

그가 질주하는 도로는 애인처럼 눕고
바람은 팔 벌려 안겨오겠지

거리의 죽음은 너무 달콤해
바람의 혀가 맛을 본다

가장 부드러운 바람이
어느 낯선 거리에서 분다

내 시가 나를 배반할 것을 안다

간판장이가 간판을 잘못달았는지
간판이 자주 고장이 난다
간판장이가 와서 간판을 떼내어
형광등을 새로 갈아끼고
수리를 해도
몇 달이 가지 못한다

나는 간판장이에게
간판도 못고치면서
간판장이냐고
간판 내리라 했다

내 시가 떠올랐다
간판 없으면 되느냐고
어디 간판이 있냐고

그날 도시가 칠흑이 되었다
간판장이들이 간판을 떼어 메고 모두 사라져버렸다

거미가 돼지를 만나다

— 석류

그녀, 자꾸 말라 들어가는 그녀
꼬챙이 같은 그녀, 그만 좀 마르지
대장을 다친 그녀
긴 흉터 아물어가지만
대장이 말을 안 들어 먹는 족족, 섭취되지 않고
말라가는 그녀
점점 광대뼈, 뼛자루에 가죽만 걸친
모양으로 직장에 나가는 그녀
내가 인도산 석류를 사다놓아도
거들떠도 보지 않는 그녀
홍보석 같은 말들
잘도 알알이 쏟아놓으면서
방송이 끝나고 집에 돌아오면
여전히
입을 굳게 다문 그녀

IV

라일락 한 그루를 나도 갖고 있지

골목 깊은 집 마당가에
라일락 한 그루를 나도 갖고 있지
젊은 날 확 바꿔버린 강렬한 향기를
그래서 폐부 깊이 멍들었다 생각했건만
나는 여태 연시(戀詩) 한 편 못 썼지
세월이 흘러 늙도록 담장 밑에
너를 붙들어두고 싶진 않았지만
오월의 라일락 꽃무더기는
내 영혼을 떠난 육신처럼
나뭇가지에 온통 거품이 일어
이젠 철마다 엄습(殮襲)하듯 피지

나와 당신이 잘 다니던 산

나와 당신이 잘 다니던 산
산마루에 앉아 저물도록
송도 앞바다를 내려다보면
당신이 꼭 내 곁에 도란도란 얘기하며 앉아 있는 것 같
다

나와 당신이 잘 다니던 산
산마루 절집의 돌탑
당신이 그 옛날 쌓던 돌 위에 얹힌 돌들
당신의 돌을 찾다 눈을 떼면
어느새 까마득히 높이가 허물어져서
당신이 또다시 돌을 쌓고 있는 것 같다

나와 당신이 잘 다니던 산
산마루 절집의 돌탑
아래 의자에 앉아
송도 앞바다를 내려다보면
바다 안개가 새까만 머리를 풀어 몰려올 것 같다

나와 당신이 잘 다니던 산

산마루 절집의 돌탑

아래 의자에 앉은

당신을 물들이는 낙조가 어디 한 가닥 있는 것 같다

파도

나 그 사람 얼굴 잊었거니
섬에서 돌 하나
파도에 묻고 돌아왔네
세월 흘러 서해
바닷가에 구르는 돌
잊혀진 얼굴 새겨져 있네
어느 순간 파도는 치고
돌 속에 물결 무늬 남겼으리
얼굴 반질반질한 곳곳
거칠게 움푹 팬 자국
돌 속의 굽이치는 물길
파도는 파도를 넘어와 다시 치네
잊혀진 얼굴이여
바다에 어린 눈동자여
오 파도여 꽃이여

공무도하가

내가 강물에 뛰어들어도
나를 따라와 붙잡아줄 여자가 이젠 없어
강물에 뛰어들 수도 없다고 우스갯소리를 했지만
그러고 보니 정말 내게서 아내는 떠나버렸고
내가 죽어도 아름다운 목소리로 울어줄 님은 떠나버리고
강물은 한번 흘러가서 돌아오지 않네

음반

아내가 음반을 내게 되었다
거리의 음반 가게에서
벌거벗은 낯선 여자의 노래를 듣게 된 것이다
수줍음 많은 아내가 교통사고를 당하고
망가진 몸으로 일 년이 되어 가수가 된 것이다
불현듯 심경변화가 생긴 게 분명하지만
당신은 아픈 뒤부터 몰라보게 달라졌더라
이런 말을 하지 않게 되었다 대신
침묵하여 노래를 듣는다
나는 요즘 유행가가 지겹고
지겨운 만큼 점점
빨라지는 아이들의 노래를 놓친다
이 시대 유행가를 모르는 나는
아내의 노래를 뜻밖에 듣게 된 것이다
오늘에야 CD 음반을 들으며
벌거벗은 게 노래라는 걸
처음 알게 되었다
신파적이지 않게, 벌거벗더라도 통째로
아픈 몸이 보이지 않게
어느 낯선 여자 가수가 부르는 것 같은

전혀 다른 노래인 것을 알고 놀란다

미소

나를 숱하게 헤적이다가
끌고 온 당신의 손입니까

붙들다가, 붙잡힌 세월
이젠 멱살을 놓으시구려

가슴 속살까지 보여준 흰 눈발이
벼랑바위 아득히
돌부처 얼굴 어르다 갑니다

석공이 아무리 쪼아도
당신 미소는 완성되지 않습니다

희미하게 벽이 지워지며
아주 엷어지다가
산물 번진 얼굴, 물기 마르면
또 화사하게 웃습니다

숱한 손이 있어
나를 헤적이다 갑니다, 눈이여

이젠 멱살을 놓으시구려

더 이상 웃지 않는 나를 위해
먼발치 서 계시며
당신은 미소 띠우기를 반복합니다

흰 배

그때 흰 배가 떠올랐다 어른대는 강물빛
흰 구름 상여 같기도 한 흰 배가 갑자기
떠오른 것이다 막 20층 베란다에 섰을 때
언뜻언뜻 눈에 비치는 것이 있었다
벌써 노안(老眼)인가, 침침한
눈 부비며 철거민 마을 내려다봤다
마을이 사라지고 없었다 대신 공사를 중단한
얼어붙은 산언덕 포크레인 한 대
흰 고니처럼 고개를 파묻고 있었다 사나흘
흰 눈이 쌓여 움푹 팬 거대한 마을이
흰 배 모양을 하고 있었다 그 옆 공단 너머가
바로 바다이기에 곧 출항할 것이다 그는
흰 배를 타고 갈 것이다 언제부터
흰 배가 떠다니고 있었는지 모르지만 희미하게 있었다
흰 배 위에 사람들은 아파트를 세울 것이다
흰 배는 떠나고, 고층 아파트가 세워지고 허물어지고
그러면 백년에 한 번씩 흰 배를 볼 것이다

근대는 바다로부터 온다

다시 갑문에서
거대한 배들 들고
나갈 때 바다 한 모서리가 부풀어 오른다

칠산바다와 해주 앞바다
사이 인천바다
갑문에서

우리 어찌
바다 수위를 조절할 수 있으랴,

미두장(米豆場)이 있는
컨테이너가 있는
중고자동차가 있는
야적장에 육신을 하역해야겠지!

근대는 바다로부터 온다

모든 근대문학은 魔法이 있지요

고대로부터 지금껏 마법이 있지요

향가에도 마법이 있지만

모든 근대문학은 더더욱 마법이 있지요

보들레르 랭보 이상 김수영…… 김지하 황지우 박민규

두루두루 마법이 있지요

너는 채만식 『탁류』의 미두장(米豆場)을 보고

나는 밤낮으로 게임의 영원한 왕국 혈투를 벌이며 만화

가가 되겠다는 아들을 보면서

마법에 걸린 듯…… 모든 죽음은 게임이다, 라고 중얼

거린다

세계 모든 전쟁은 실재 게임이다 컴퓨터를 켜

게임을 해 보라 팔 할이 전쟁이다 아니,

구 할이 마법이다 그래서 근대문학을 연구하는 너와

게임을 하며 만화를 그리는 내 아들 사이에서 나는

근대문학은 마법이라는 생각을 해 보는 것이다

해묵은 거리를 걷다 나는 우연히

일본식 다다미방과 맥아더가 있는 자유공원에서

인천의 클리토리스 갑문을 내려다 본 것이다

마법에 걸린 듯…… 이젠

비행기가 뜨고 내리는 인천국제공항에 정조를 내주었

지만

　여전히 근대, 근대의, 근대를…… 모든

　근대는 마법이 있지요

네 부두

1

그리하여 나는 화수부두에 이르렀다

옛날의 공장에서 먼지가 날린다
여전히
여긴 세월이 느리게 흐르지

긴긴 부두를 걸어 보라
갯바닥에 뱃머리가 박혀
물때를 기다린다

당신과 이별을 달래 줄 독한 시가 있으랴,
시마(詩魔)에 걸린 시인처럼

배가 돌아오는 걸 보려고
아무리 부둣가를 거닐어도
빈배

언제나

잔잔히 돌아오랴

저녁 물때
쌀뜨물 같은 흰 부둣가에
옛날의 공장에서 먼지가 날린다

2

만석부두 똥바다에 연민 없이, 또 연민 없이
당신도 와보라

길 물어 골목 돌고 돌아
겨우 배 한 척 댈 수 있는
부두

갯일 하는 사람들
한 짐씩 등이 휘도록 조개를 들쳐 메고 빠져나간
텅 빈 만석부두에서

(언제 낙조를 볼 수 있나요?)

(서두르지 마세요)

낙조, 급강하 하는 붉은 해를 배경으로
굴뚝이 두개 있는 공장을 실은 바지선 끌고
돌아오는 끌배

3

한낮 별이 뜨는 북성부두
이곳은 똥마장, 볕이 들지 않는 막장
그래도 썩은내 나는 골목 걸어 보라

긴 창자, 똥자루 같은 골목
끝에
배가 들고 나가는

긴긴 부두를 걸어 보라
똥마장 갯바닥 배가 배를 대고

물때가 되면

오, 마음의 부두여!

배는 미끄러져 가고
배는 미끄러져 가고

녹슨 바지선에 사다리 걸쳐놓고 그물을 깁는 사람들
또 몇 척의 배를 지나

나는 북두(北斗) 끝에 이르렀다

시마(詩魔)에 들린 게임 같은 생

이형권(문학평론가)

1.

김영산은 1990년 『창작과비평』 겨울호를 통해 문단에 등장한 90년대 시인이다. 그렇지만 그의 시에는 현실 세계에 대한 비판적 태도를 함의한 비극적 인식과 같은 80년대적 정서가 빈도 높게 드러나곤 한다. 시적 표현에서도 그는 진중하고 질량감이 있는 언어를 선택하여 흑백 사진과 같이 무게감 있는 형상들을 그려내곤 한다. 그의 시가 보여주는 비극적 인식의 근저에는 개인적 삶이 불운하다는 생각과 역사적 현실이 부조리하다는 의식이 뿌리 깊게 자리 잡고 있다. 첫 번째 시집 『평일』과 두 번째 시집 『벽화』에서 보여준 어둡고 외진 곳에서 살아가는 존재의 초상들은 대개 그의 비극적 세계관과 관련된다. 그는 "항상 귀래(歸來)를 생각"(「벽화 3」)하면서도 청춘 시절을 "白手의 歎息!"(「평일」)으로 보냈고, 그 이후에도 "아슬한 고층 아파트/나는 이미 벽에 갇혀 지냈다"(「벽화 2」)고 한다. 그는 현실 세계를 타락한 공간으로 인식하면서도 그러한 현실 세계를 통하지 않고는 시를 쓸 수 없고 구원받을 수도 없다고 보는 것이다. 이번 시집은 세계를 향한 비극적 인식을 여전히 이어가고 있지만, 삶에 대한 더욱 관조적이고 성숙한 성찰적 인식을 전경화하고 있다는 점에서 적잖은 변화를 보여준다.

이 시집을 열면 가상공간과 현실 공간을 넘나드는 비극적 세계가 펼쳐진다. 가상공간의 시가 게임 세계를 통한 현실 비판(1부)을 지향한다면, 현실 공간의 시는 자연의 야생적 원리에 대한 천착(2부), 시적 자의식을 매개로 한 내면 성찰(3부), 생활의 발견과 연관된 인생에 대한 통찰적 인식(4부) 등을 지향한다. 이들 가운데 각별히 전경화된 것은 시집의 표제에서도 드러나듯이 가상공간에서 펼쳐지는 게임의 상상력이다. 게임의 세계를 시의 문맥에 수용한 양식을 게임시라고 한다면, 게임시는 다양한 문화현상들과 교섭해 온 우리시의 오랜 전통 가운데 하나로 간주될 수 있다. 멀리 거슬러 올라가면 문인화의 전통도 그러하려니와, 1990년대 이후 전경화 되기 시작한 시와 사진, 시와 영화, 시와 사이버 공간의 교섭은 다른 예술 장르나 문화 현상들을 시에 수용함으로써 시적 리얼리티를 확대하는 계기를 가져왔다. 실제의 현실뿐 아니라 가공된 예술, 혹은 다양한 문화종들을 시적 대상으로 간취하면서

메타적 상상을 시도했던 것이다. 이러한 시도는 실제 현실에서 더 이상 상상의 매개를 구하기 어렵다는 문학적 고갈 의식과 연관된다. 특히 이승하의 사진시, 유하의 영화시, 하재봉의 컴퓨터시 등은 여타의 문화 현상을 시의 문맥에 도입하여 우리시의 영역을 확장시켜 주었다. 김영산의 게임시도 이러한 맥락에서 읽을 수 있다.

    2.

이 시집의 1부에 실린 「게임광」 연작은 게임과 시의 만남을 본격적으로 보여준 선구적 사례에 속한다. 게임과 시는 얼핏 보면 함께 어울릴 수 없는 이질적인 것들로 보인다. 게임은 서사적 구성을 기본으로 하기 때문에 굳이 문학 장르와 연계를 짓는다 해도 시보다는 소설 쪽에 더 가깝기 때문이다. 그러면 이러한 한계에도 불구하고 김영산 시인이 시에 게임을 끌어들인 의도는 무엇인가? 그것은 아마도 게임이 요즈음 문화 현상의 대세 가운데 하나이므로 시의 시대적합성을 확보하기 위해 수용한 것이 아닐까 한다. 그리하여 시인은 오늘날 사람들이 승패, 생사, 진위 등이 여반장(如反掌)하는 삶을 살아간다고 보고, 그런 현상과 게임 세계의 유비성에 대한 탐색을 통해 현대 사회의 부조리한 징후들을 드러내려고 시도한다. 가령 이 시집의 모두에 등장하는 시에서,

게임생, 너를 불러본다

고독사한 늙은 계절이 왔다 간다

우리는 늙지 않아 괴롭구나

너는 좋으냐

죽은 지 몇 달이 되어 구더기가 나오는

입을 깁는 생,

창밖에는 여전히

게임의 방을 엿보느라 죽음의 계절이 기웃거리고

—「게임광 1」 전문

있는 상황에 처한 "게임생"은 아날로그적 삶의 생명력
을 상실한 디지털 세계의 인공적 삶이다. "고독사한 늙은
계절"이 주변에 떠도는 것으로 보아 "게임광" 역시도 고
독의 극단적 상황에 처해 있는 듯하다. "그"는 현실에서
의 고독을 피해 게임의 세계에 빠져들었지만, "게임"의
세계는 그의 고독을 구원해 주지 못한다. 오히려 "죽은 지
몇 달이 되어" 버린, 인간적 사유와 감각과 언어를 상실한
삶("입을 깁는 생")이 그를 더욱 괴롭힐 뿐이다. "게임"에
빠져들어 고독을 구원받고자 했으나 "창 밖에는 여전히"
"죽음의 계절"만이 기웃거리고 있을 뿐이다. 이처럼 김영
산 시인에게 "게임"은 보통 사람들이 즐기는 오락이 아니
라 실존의 고독을 각인시켜 주는 매개체이다. 그래서 시
인은 "이미 자연 정원 시대는 끝났다/ 리니지 2의 던전 중
가장 아름다운/전자 수중정원으로 오라"(「게임광 2—리
니지 2」)는 오늘날의 세태를 심각한 사회 현실로 문제시

한다. "게임"의 세계는 탐욕과 정복을 지상주의로 삼는 "처절한 전장"(「게임광 3—뮤 공선전」)과 같이 잔인한 곳이며, "축축한 안개의 성"(「게임광 4—성」)처럼 승패를 예단하기 어려운 혼돈스런 싸움의 공간이자, 다양한 버전으로 "평생 전쟁을 할 수 있"(「게임광 5—게임의 진화」)는 문제적인 세계이기 때문이다.

　그러면 게임의 세계에 빠져드는 자들은 누구인가? 게임의 세계는 사이버 공간에서 가상현실을 구현하면서 인간의 삶에 긍정적이거나 부정적인 영향을 끼친다. 시뮬레이션에 의한 새로운 현실로서 간접 체험의 외연을 확대해 주는 것이 긍정적 영향이라면, 게임이 제공하는 말초적 유희에 중독되어 실제 현실에서 도피하게 한다는 것은 부정적 영향이다. 시인이 주목하는 것은 그 부정적 측면이다.

　　그는 겨우내 게임에 빠져 지냈지 봄이 오는지도 모르고
　　게임광은 세상의 게임에서 진 자들이지
　　게임 속에서 전사이지만 게임을 빠져나오면 어리둥절하
　듯
　　그 게임이 그랬지
　　프리다 칼로처럼
　　모든 심장의 혈관들 밖으로 드러낸 여자, 주사기 줄을 가
　위로 잘라 뚝, 뚝 피 흘리는 여자, 내장을 드러내 보이는 여
　자
　　그 사랑의 게임이 그랬지

여자 속을 물끄러미 들여다보고 웃었지—웃는 순간—그
게 아니었지
　여자의 몸은 겹겹이 둘러싸인 로랜협곡 성*보다 깊었지
오, 그러니
　사랑의 게임이 얼마나 어려운지
　게임광은 게임에서 자꾸 지는 자들이지
—「게임광 6—여자의 육체」 전문

　이 시의 *표시 부분에는 "게임 '뮤'에 나오는 성. 게임
에 나오는 문구 "로랜협곡 서사시/베일에 싸인 뮤 공성전
/마침내 그 모습을 드러내다/성을 둘러싼 치열한 혈투/성
을 차지하는 자/절대권력을 얻으리라"는 구절이 있다."는
각주가 있다. 이 각주는 현실의 삶에서 사랑은 게임 세계
에서의 "절대권력"에 못지않게 중요하다는 점을 강조하
는 역할을 한다. 문제는 "그"가 "게임에 빠져" 살아가는
존재로서 "게임 속에서는 전사이지만 게임을 빠져나오면
어리둥절하듯" 이 실제 현실에 잘 적응을 하지 못하는 사
람이라는 사실이다. 그러니 "게임"에 빠진 "그"가 현실에
서의 사랑을 제대로 할 리가 없다. "그"가 사랑을 제대로
못하는 이유는 사랑의 대상인 "여자"에 대해 무지하기 때
문이다. "그"는 "여자(의 육체)"가 마치 "프리다 칼로"의
그림에서처럼 "피"와 "내장"을 모두 "드러내보이는" 것
으로 착각하여, "그"는 "여자의 몸을 겹겹이 둘러싸인"로
랜협곡 성*보다 깊"다는 사실을 몰랐던 것이다. 여자 혹
은 사랑은 겉으로 드러난 것과는 다른 은밀하고 심오한

속성을 지녔다는 점을 알지 못했던 것이다. 그래서 "그"
는 게임의 세계에서는 용감하고 현명한 게이머로서 능수
능란한 재능을 지녔지만, 실제 현실에서의 "사랑의 게임"
에는 매우 무능력한 사람이다. 하여 결구에서 말하는 대
로 "그"(「게임광」)들은 실제 현실의 "게임에서 자꾸 지는
자들"일 수밖에 없다.

  이렇듯 게임의 세계는 동물적 본능과 비인간적 승부욕,
혹은 무책임한 탐욕과 유희가 존재한다는 점에서 비정한
인간 사회와 다르지 않다. 게임의 세계를 노래하는 시편
들에서 그곳의 호전성과 허무감 등을 전면에 내세우는 것
은 현실 세계에 대한 비판적 인식을 위한 것이다. 아래는
부정한 역사적 현실을 비판하기 위해 게임 세계를 노래하
는 흥미로운 시이다.

      그는 영화(映畵)를 보다 영화(榮華)를 생각했다
      적과 동지가 언제든 뒤바뀔 수 있는 영화는 선사부터 줄
  곧 있었다
      그날 계엄군과 시민군 총격전이 있은 후
      잠시 소강상태일 때를 기억해 내었다
      큰길로 나서자 〈살인마 죽여라!〉는 플래카드가 걸려 있
  었다
      막다른 골목에서 골목을 돌아
      〈울음소리가 반반세기 지나서야 들릴 줄 몰랐다〉
      대학병원 광장에 그가 있었다
      그때부터 염하지 않고 묻히지 않는

것들을 영화장면처럼 떠올리곤 했다
탄환이 스친 젊은 얼굴이 반쪽이었다
팔다리 덜렁거리는 마네킹들이 누워 있었다
그는 관을 떠메어 가는 시민군을 따랐다
투사는 아니었지만, 영화가 그리 끝날 줄 몰랐다
마음속 증오가 자라기도 전에 살인마가 넘쳤다
그는 자신을 향해 계속 방아쇠를 당겼다

—「게임광 9」 부분

　이 시의 화자인 "그"는 "영화"를 보고 있다. "그"는 영화를 보면서 잔악한 게임처럼 펼쳐지는 역사의 현장을 떠올리고 있다. 그러니까 이 시는 실제 게임의 내용을 인유하여 시적 문맥을 이끌어가는 다른 게임시편들과 진술방식이 다르다. 영화를 매개로 시에 인유된 사건은 시의 문맥으로 유추해 보건대 '5·18 광주'와 관련이 있는 듯하다. 5·18 이후 "반반세기"가 지난 시점에서 상영되는 회고담 "영화"를 보면서, 화자는 아직도 가슴에 남아 있는 역사적 사건에 대한 울분과 자책의 심사를 드러내고 있다. "그"는 "영화"를 보면서 그 가상의 시나리오보다는 그것의 역사적 배경에 더 많은 관심을 갖는다. "영화(映畵)보다 영화(榮華)를 생각"하는 것은 그런 이유 때문이다. 자신의 영화(榮華)를 위해 선량한 시민들에게 무지비한 폭력을 가하는 독재자의 파렴치함을 떠올려 보는 것이다. 그래서 이 시에서 "영화(映畵)"는 부정한 역사의 사실 자체와 다르지 않다. "영화"의 한 장면인 "계엄군과 시민군의

충격전"이나 "울음소리"가 "반반세기가 지나서야 들릴 줄 몰랐다"는 진술은, '5·18광주'가 있었던 1980년과 시인이 시를 쓰고 있는 2000년대 중반이라는 시간적 간극, 그리고 역사적 현실과 영화의 현실 사이의 간격을 뛰어넘는다. 결국 "계엄군"의 무자비한 폭력과 "시민군"의 희생으로 끝나버린 채 "관을 떠메어 가는 시민군"만이 클로즈업되는 "영화"는 정의가 폭력에 의해 지배당했던 일련의 역사적 사실과 조금도 다르지 않다. "그"는 이러한 현실에 대해 반성하는 것이다. 패배한 "시민군"의 행렬을 따르는 "그"가 "자신을 향해 계속 방아쇠를 당"기는 것은 부정한 역사를 정의롭게 변화시키지 못한 자신에 대한 회한과 자책의 행동이다. 결국 이 시는 현실에서 도저히 일어날 수 없는 "게임"같은 현실이 고스란히 실제 현실이었던 비극적 역사의 현장을 비판적으로 재현한 것이다.

3.

이 시집의 시들은 가상의 게임 세계를 매개로 실제 세계의 부조리한 측면들을 드러내는 데 치중하지만, 다른 한편으로는 실제 현실 세계를 시적 대상으로 간취하여 비판적 인식에 도달하기도 한다. 즉 2부와 4부에서는 생명의 야성적 원리를 탐구하거나 생활 세계를 발견하는 데 바쳐진 시편들은 메타적 상상을 따르지 않는다는 점에서 게임시와는 현저히 다르다. 그렇지만, 이들 시에서 묘파

되는 실제의 세계도 잔악하고 부조리한 곳으로서 게임의
세계와 별반 다르지 않다.

　　까치 다섯 마리가 까악! 깍!
　　한 마리 흰 매를 쫓고 있다
　　(…중략…)
　　흰 매는(얼핏 보면 어린 매 같기도 하지만) 외롭게 웅크
린
　　날짐승은 계속 이 나무 저 나무 옮겨다니며
　　도망다니다가 급기야 산등성이를 넘는다
　　까악, 까악, 까악, 까악, 깍!
　　까치 다섯 마리도 쫓아가며 산등성이를 넘는다(「까치들
의 집단 공격성」 부분)

　　돼지막 공터에 풀들이 자라 무성하다가
　　다른 종의 풀들이 공터를 차지하는 순간
　　질기디 질긴, 영화 아무 자취 없이 사라져 버린다고
　　부드러운 혀에 풀독이 오른다,
　　날름날름 대가리를 치켜들고 다가오는
　　느리며 잽싼 풀의 걸음걸이
　　　　　─「풀독─지금껏 내 목덜미에 남아 있는 풀독이여」 부분

　앞의 시는 흔히 행운의 새라고 불리는 "까치"가 지닌 별
난 특성을 그리고 있다. "까치 다섯 마리"가 "한 마리 흰
매를 쫓고 있"는 상황은 모든 동물들이 지니고 있는 집단

적 공격 본능을 상징한다. 지상에 존재하는 대부분의 동물들은 이처럼 저의 생존을 위해 다른 생명의 안위를 위협하는 약육강식의 원리에 지배당하며 살아간다. 그런데 이러한 배타적 공격성은 동물에게만 있는 것이 아니다. 뒤의 시를 보면 "돼지막 공터"를 배경으로 "풀들"이 지닌 공격성을 그리고 있다. 특정한 종류의 "풀들"이 자라는 공간을 생명력이 더 강한 다른 종류의 "풀들"이 차지해 버리는 현상은, 더 좋은 삶의 터전을 차지하기 위해 벌이는 동물들 사이의 싸움을 연상케 한다. 더구나 이러한 "풀들"의 공격성은 시의 화자에게 "풀독"을 오르게 하기도 한다. 뿐만 아니라 자연 현상마저도 간악한 공격성을 지닌 것으로 묘사된다. 즉 "첫눈이 온다 어둔 대낮/허공 벽을 쥐어뜯으며 울부짖는 여자처럼/거대한 바람의 소용돌이에/내맡긴 몸의 눈부신 파편/ 할퀼 곳을 찾아 손톱을 드러낸다/ 내 생은 견딜 수 없는 것들로 가득 찼어,/천지간 텅 빈 비명/가득 찼어, 온통 눈뿐이야"(「파편—수상한 날씨」)라는 대목에서 "첫눈"도 세찬 공격성을 지닌 존재이다. 이렇듯 시인은 동물과 식물, 그리고 자연 현상이 간직한 잔인한 공격성의 일면을 비판적인 눈으로 통찰하는 것이다.

생명과 자연이 갖는 부정적인 면모는 인간 사회에도 그대로 적용된다. 김영산 시인은 특히 각박한 도시 문명이 인간을 괴롭고 소외된 존재로 전락시킨다는 사실에 주목하는데, 이처럼 가난한 사람들을 향한 연민과 삭막한 사회 현실을 비극적으로 바라보는 태도는 그의 시가 지닌 중요한 특성에 해당한다.

> 눈 비비며 철거민 마을 내려다봤다
> 마을이 사라지고 없었다 대신 공사를 중단한
> 얼어붙은 산언덕 포크레인 한 대
> 흰 고니처럼 고개를 파묻고 있었다 사나흘
> 흰 눈이 쌓여 움푹 팬 거대한 마을이
> 흰 배 모양을 하고 있었다 그 옆 공단 너머가
> 바로 바다이기에 곧 출항할 것이다 그는
> 흰 배를 타고 갈 것이다 언제부터
> 흰 배가 떠다니고 있었는지 모르지만 희미하게 있었다
> 흰 배 위에 사람들은 아파트를 세울 것이다
> 흰 배는 떠나고, 고층 아파트가 세워지고 허물어지고
> 그러면 백년에 한번씩 흰 배를 볼 것이다
>
> ―「흰 배」 부분

　이 시에서 "흰 배"는 아파트 공사를 위해 파헤친 "철거민 마을"에 눈이 내린 모습을 비유한다. 흥미로운 것은 "흰 배 위에 사람들은 아파트를 세울 것"이고, 그러면 그 배는 "곧 출항할 것"이라고 보는 점이다. 이 거대한 배의 출항으로 사람들은 망망한 바다 한 가운데로 인도될 것이고, 그것은 "아파트" 문화가 그러하듯이 사람들이 단절과 고독의 세계로 진입함을 의미한다. 심각한 문제는 이런 출항이 "백 년에 한번씩 흰 배를 볼 것이"라고 하듯이 아파트의 수명이 다하는 날에 다시 반복될 것이라는 점이

다. 그렇다면 그 배를 타고 가야 하는 "그"의 고독과 소외의 처지는 도시 문명에서 살아가는 현대인들의 운명과 맞닿는다. 현대인은 "가출한 아내, 올망졸망한 어린 눈빛들이 어른거린다/자살도 못한 죽음이 어른거린다/곧 죽으리라/죽으리라/도시의 피로는 쌓이고 쌓여/멀리 돌아서 가야하는 성 같은 것을 이루었다"(「멀리 돌아가는 성」)에서의 노숙자 신세와 다르지 않은 것이다. 현대인은 또한 "식구도 없이 혼자 된" 사람인 "그녀"가 "팔다리뿐 아니라, 어릴 적부터 온몸이 뒤틀린/잘 자라지 않는 소사나무, 소사나무들"(「영흥도 소사나무를 위한 기도」)처럼 온갖 고통 속에서 살아가는 존재이다. 이러한 현대인 가운데 하나인 시인의 눈에는 꽃이 피는 일마저 아름답게 보이지 않는다. 이를테면 "오월의 라일락 꽃무더기는/내 영혼을 떠난 육신처럼/나뭇가지에 온통 거품이 일어/이젠 철마다 염습(殮襲)하듯 피지"(「라일락 한 그루를 나도 갖고 있지」)라고 한다. "라일락"의 개화를 "염습"으로 보는 것은 김영산 시인이 지닌 비극적 세계관의 절정이라 할 만하다.

    4.

    게임의 세계이든 현실의 세계이든 그곳이 비극적이라는 인식은 김영산 시인이 시를 쓰는 근본적 동인이다. 그에게 시는 비극적 세계가 부과하는 고통을 딛고 일어서게

해 주는 자기 극복의 기제이기 때문이다. 이와 관련한 시적 자의식은 이 시집의 제3부에 실려 있는 「詩魔」 연작과 「代書」 연작 등에 잘 드러나는데, 이들 가운데 우선 눈에 띄는 것은 문명에 의해 건강한 자연과도 같아야 할 시가 위협받는다는 진술이다. 이를테면 "바람처럼 비행기가 뜨"니 "거대한 바위/장군바위는 무력(武力)을 잃고서/관제탑 먼 불빛을 바라보고 있"(「詩魔―흰 매, 검은 매, 누런 매와 장군바위」)다는 시구는, 공항 활주로가 생기면서 여러 종류의 "매"들이나 자연물이 저의 본성을 상실하고 있는 정황을 문제 삼고 있다. 이때의 "장군바위"는 오늘날 문명의 폭력 때문에 인간적 진실과 영성을 상실하고 소외되어 가는 시와 다를 바 없다. 이런 맥락에서 시인은 오늘의 세태로 미루어 볼 때 시가 결국 자신을 배반할 것이라는 비극적 인식에 이른다.

  나는 간판장이에게
  간판도 못 고치면서
  간판장이냐고
  간판 내리라 했다

  내 시가 떠올랐다
  간판 없으면 되느냐고
  어디 간판이 있냐고

  그날 도시가 칠흑이 되었다

간판장이들이 간판을 떼어 메고 모두 사라져버렸다
　　　—「내 시가 나를 배반할 것을 안다」부분

　이 시에서 비판의 대상은 고장 난 간판도 고치지 못하는 "간판장이"다. 그런데, "간판을 내리라"고까지 하는 혹독한 비판은, 무능력한 "간판장이"를 보면서 "내 시가 떠올랐다"고 한 데서 알 수 있듯이 종국에는 시인 자신을 향한다. 시인은 자신의 시가 고장 난 "간판"과 마찬가지로 삶을 밝히지 못하는 무력한 존재라고 생각하는 것이다. 그래서 "간판장이들이 간판을 떼어 메고 모두 사라"지자 "도시가 칠흑이 되었"듯이, 시인 자신이 자기정체성을 충실하게 견지하지 못하여 이 사회는 정서적 암흑세계가 되었다고 본다. 시인이 "간판을 내"린 사회는 당연히 그러할 것이다. 심지어 시인으로서의 자신의 삶이 "내 생의 기록을 누가 다 써놓았네"(「代書 1」), "내가 내 생을 대신 쓰고 있는 것이다"(「代書 2」)에서처럼, 평생 타인의 삶을 대신 기록해 주며 살아온 "대서장이"처럼 주체성을 상실한 대리의 메커니즘 속에서 존재한다는 사실을 각성한다. 이것은 시인으로서의 삶에 대한 비극적 인식이다.
　그러면 시(혹은 시인)의 비극을 타개해 줄 만한 시는 어떤 것인가? 그것은 생활 현실에서 자유로워지고 비정한 문명에서 자연스러워져질 뿐만 아니라 강박적 집착에서 벗어난 것이다. 시다운 시는 '詩魔'에 자연스럽게 빠져들어야 생산되는 것이지 인위적 의지로써 생산될 수 없다고 보는 셈이다. 그의 시에서 삶의 고통스런 순간마다 어김

없이 자연의 세계를 찾아드는 장면들이 연출되는 것도 자
연스러움을 추구하는 시학과 무관하지 않다.

> 사람 얼굴 모양의 돌을 곁에 두고
> 날마다 날마다 당신이라 여기며 바라보았더니,
> 섬같이 멀어진 당신
> 이젠 무거운 돌을 그 바닷가에 갖다 두리라
> 여전히 콧대는 높고 입은 침묵하지만
> 두 눈가에 더욱 그림자가 짙게 배고
> 어느새 돌 속의 물결이 출렁거린다
>
> 돌 속에 당신을 가둬버리고 살겠다는 것,
> 그러다가 당신이 돌 속에 있는 게 아니라
> 내가 돌 속에 갇혀있다는 생각이 드는 것이다
> ―「詩魔―석삼년을 바라본 돌」 전문

여기서는 두 겹의 비유가 발생한다. 한 겹은 "돌"을 사
랑하는 "당신"으로 비유한 것이고, 다른 한 겹은 "당신"을
시에 비유한 것이다. 첫 번째 비유에서 시인이 말하고자
하는 것은 사랑이 구속과 소유의 대상일 수 없다는 점이
다. 시인은 아마도 "석삼년" 전에 어느 "바닷가"에서 사
랑하는 "사람 얼굴 모양의 돌"을 하나 집으로 가져왔던
모양이다. 그 이후 시인은 곁에서 멀리 떨어져 있는 "당
신"을 그리워하는 마음으로 그 "돌"을 "당신이라 여기며"
살았다. 그러나 "석삼년"을 그렇게 가까이 두고 "돌 속에

당신을 가둬버리고 살겠다는 것" 때문에 "당신"은 오히려 "섬같이 멀어"져 버렸다고 느낀다. 자연 속에 존재하는 "돌"을 자신의 집에 들여놓음으로써 생명력을 잃어버리게 했듯이, 사랑하는 "당신"도 저 스스로 존재하는(自然) 그대로를 사랑하지 못하고 자신의 취향과 욕심대로 하려다 보니 점점 멀어진 존재가 된 것이다. 그리하여 오히려 "내가 돌 속에 갇혀있다는 생각"에 이른다. 이러한 첫 번째 비유는 "당신"이 곧 시와 같다는 두 번째 비유로 이어진다. 시인은 시를 자신의 삶 속에 인위적으로 구속시키려 하면 할수록 시는 오히려 더 멀어지는 것이란 자각이 그것이다. 시인은 궁극적으로 자연스러움의 시학을 지향하는 것이다.

인위적인 것을 거부하는 자연스러움의 시학은 인간적 아우라가 살아 있는 진정성의 시학이다. 시의 위기에 대한 인식과 자신의 욕망을 충족시켜 주지 못할 것을 알면서도 시를 쓰려는 의지는 역설적으로 시에 대한 애정이 그만큼 깊다는 것을 뜻한다. 비록 "어느 시인도 자기가 파놓은 맨홀 들여다보지 못하"(「詩魔―맨홀」)더라도 "내 손을 놓고 사라진 어머니를 찾"(「詩魔―수타사 심우도」)는 애절한 심정으로 시를 쓴다고 하지 않는가? 따라서 시는 고통스러운 현실을 인고하는 과정을 거쳐 도달하는 자기 승화의 기제가 된다.

사내들이 전기톱으로 불에 탄 나무를 자르고 있다
벌써 잘린 나무들이 토막이나 쌓여 있다

죽은 나무를 솎아내는 것은 화인(火印)의 기억을 잊기 위
한 것,
죽은 나무는 죽기 전까지를 떠올리기 싫을지 모르지만
죽은 나무는 선 채로 숯이 되기까지 뜨거웠으리라
                        —「詩魔—죽은 나무」 전문

이 시는 제목 그대로 "죽은 나무"를 통해 '시를 지을 마
음을 불러일으키는 마력'에 대해 노래한다. 즉 산불의 화
마가 스쳐간 자리에 남아 "숯"이 되어버린 나무들의 모습
에서 시의 진정한 의미가 무엇인가를 사유하고 있다. 시
의 정황에 의하면 벌목공인 "사내들"은 지금 불에 타 죽
은 나무들을 정리하는 작업을 하고 있다. 이 작업은 "화인
(火印)의 기억을 잊기 위한 것"으로서 한 번의 죽음을 맞이
한 숲을 되살리기 위한 일이다. 고통의 기억을 망각, 혹은
승화하여 그 고통을 생산적인 것으로 변화시키려는 작업
인 것이다. 그런데 시인은 화마의 피해를 입은 나무가 그
냥 죽어버린 것이 아니라 또 다른 유용한 존재로 전환되
었다고 생각한다. 극단적인 희생의 상황 속에서도 또 다
시 유용한 존재로 거듭 태어나는 "나무"는 시의 진정한
의미가 무엇인지를 암시해 준다. 자신의 몸을 통째로 불
태우고도 "숯"으로 거듭 태어나는 "나무"처럼, 시는 자신
의 현실에서의 신산스런 생활이나 욕망을 승화시켜 주는
기제임을 밝히고 있는 것이다. 따라서 김영산이 시를 통
해 비극적 세계를 형상화하는 것은 그것의 극복을 위한
진지한 성찰의 방식이라 하겠다.

5.

김영산의 시에서 전경화된 게임의 세계, 현실의 세계, 시적 자의식의 세계는 비극적이라는 점에서 동일한 속성을 지닌다. 승부욕과 정복욕으로 얼룩진 게임의 세계나 약육강식의 생태적 원리에 지배당하는 현실의 세계, 그리고 배반감에 시달리는 시적 자의식의 세계는 모두 비극적인 곳이다. 그런데 이 비극적 세계들이 앞서 살펴본 시적 자의식의 세계에서 이미 보았듯이 삶에 대한 비관적 전망만을 동반하지는 않는다. 그의 비극이 비관적이지만은 않은 이유는 비극에 대한 집요한 대면과 탐구를 통해 그것의 극복을 지향한다는 데서 찾아진다. 연작시를 유난히 즐겨 쓰는 그의 시작 태도에서도 드러나듯이 그는 특정한 시적 대상을 붙들면 집요하게 파고들어 그 궁극을 파헤치고자 한다. 그는 어둠을 끝까지 파고들면 빛이 나타나듯이 비극의 끝에는 비극이 존재하지 않는다는 신념을 간직하고 시를 쓴다. 그래서 그의 시는 궁극적으로 이 비극을 간파하고 그것을 넘어서는 데 필요한 노둣돌의 소임에 충실하다. 그래서 비극의 세계를 거쳐 그가 끝내 도달하려는 곳은 밝음의 세계인데, 다만 그 세계는 태양의 빛처럼 휘황한 것이 아니라 깊은 어둠의 무게를 뚫고 나타나는 밤하늘의 별빛과 같이 깊디깊은 것이다.

　한낮 별이 뜨는 북성부두
　이곳은 똥마장, 볕이 들지 않는 막장

그래도 썩은내 나는 골목 걸어 보라

긴 창자, 똥자루 같은 골목
끝에
배가 들고 나가는

긴긴 부두를 걸어 보라
똥마장 갯바닥 배가 배를 대고

물때가 되면

오, 마음의 부두여!

배는 미끄러져 가고
배는 미끄러져 가고

녹슨 바지선에 사다리 걸쳐놓고 그물을 깁는 사람들
또 몇 척의 배를 지나

나는 북두(北斗) 끝에 이르렀다

—「네 부두」 부분

　밝음의 세계인 "북두"에 이르는 길은 이렇듯 지난하다.
"화수부두" "만석부두" "북성부두" 그리고 "마음의 부
두" 등 네 개의 부두를 노래하고 있는 이 시에서 "부두"는

어딘가를 향해 떠나는 출발점이다. 이 지점에 서기 위해
서는 "똥마장, 볕이 들지 않는 막장"과 같은 "썩은내 나는
골목"을 지나야 한다. "골목"의 세계는 앞의 게임시를 비
롯한 김영산 시에서 보여주었던 비극적 세계와 일치한다.
이 세계를 거쳐 "북두"에 가는 일은 파도에 흔들리는 "몇
척의 배를 지나"가는 일과 다르지 않다. 그리고 그 과정을
거쳐 시인은 마침내 북쪽 하늘에 가장 빛나는 "북두(北斗)
끝에 이르"는 것이다. 하여 게임 세계를 통해 말하든 현실
세계를 통해 말하든 시적 자의식으로 말하든, 김영산의
시에서 빈번히 등장하는 고통스런 삶의 여건들은 그것을
통해 오히려 희망의 세계를 꿈꿀 수 있다는 점에서 비극
적 세계관과 관련된다. 그런데 시인에게 "부두"를 떠나는
일은 시를 쓰는 일과 다르지 않기 때문에, 시인은 "당신과
이별을 달래 줄 독한 시"를 찾기 위해 "시마(詩魔)에 걸린
시인처럼"(위의 시) 살아가고자 한다. 하여 시인은 비록
비극적인, 혹은 장난스런 게임 같은 현실을 살아갈 수밖
에 없는 운명이지만, 시마(詩魔)에 들림으로써 끝내는 "북
두"처럼 밝은 빛의 세계를 지향할 수 있는 것이다.